小寓言故事集

good morning

桂文亞——改寫
陳亭亭——插畫

一輩子都要讀故事！

桂文亞

我自小養成的閱讀習慣，最早得益於家庭教育。

文質彬彬的父親一向重視子女閱讀，童年時期家境雖然清寒，卻捨得為我和妹妹買上一套又一套的各類童話故事書；疼愛孫輩的外婆，更是每到鄉下探親，一定帶來臺北城裡才買得到的《兒童樂園》半月刊。和妹妹爭搶著看完以後，隔壁鄰居小朋友也爭相借閱，書中許多世界經典名著改編的故事，就像一株株小苗，在我們的心靈中，發芽、開花和結果了。

這種看故事書的興趣一旦養成，就變成生活中的一種習慣。就好像一個人，每天非得吃飯、睡覺，否則就沒法子過日子。

小學五、六年級，課堂上安排了「說話課」，老師照例點名幾個「能說會道」的同學上臺說故事，我也列名其中。用語言表達所思所想，其實並不困難。最有效的方法，就是通過課外讀物，加強自己的閱讀興趣和敘述能力，認識更多詞彙和不同意義的表達方式。

就這樣，我從一個愛看故事書的人，成為一個也愛說故事的人。閱讀、思考和寫作，不僅成為我終生學習的興趣和職志，更為生活畫下了繁花勝景！

直到今天，我還是非常愛看故事書，所不同的是，長大以後常看的故事書有個正式名稱叫做「小說」。小說，可說是成人寫給成人看的故事書。雖然，大多數成人看的小說，文字與內容不一定適合小朋友閱讀，可是，仍有很多小說，除了文字的表達比較深奧，內容卻是老少咸宜的。

舉例來說，中國的《西遊記》、《水滸傳》、《三國演義》，和西洋的《俠隱記》（三劍客）、《基度山恩仇記》、《格列佛遊記》，本來並不是為兒童而寫的，可是，裡面的一些片段、情節，實在曲折引人，於是，一些有心人，忍不住就將它們改編成適合少年、兒童閱讀的故事。

從以前到現在，我都喜歡把那些帶給我感動和啟示的故事，講給朋友聽，讓他們也分享我看故事書的樂趣。動筆寫《大文豪故事集》，就是源於這種「共享美好經驗」的動機。我從歐美知名作家的短篇小說中，精挑細選，為少兒讀者重新編選、整理，剪裁，改寫成為完全可以無障礙閱讀的短篇故事。選材來源包括：《普希金小說選》、《芥川龍之介作品集》、《瑪拉末．魔桶》、《泰戈爾短篇精選》、《馬克吐溫短篇精選》、《毛姆短篇小說集》、《世界短篇小說欣賞》、《愛倫坡故事集》、《歐亨利短篇小說選》等等。

至於《小寓言故事集》，則是從中國古典文學篇章中選材，改寫一些有意思的小故事。這背後，同樣也與父親對我的期許，以及童年的閱讀經驗有很深的連結。

我常想：在這個世界上，最疼愛我們和對我們期望最多的，恐怕就是父母吧！至少，我的父親就是這樣一個人。

父親不到二十歲就參加了青年軍，遠離故鄉，轉戰南北，四海為家。因為戰爭以及參軍的緣故，一心向上的父親沒有機會讀正規學校，但也正因為失學的痛苦，格外知道用功和讀書的可貴。父親靠著自修和苦讀，自我養成。他的談吐和氣質溫文儒雅；一筆漂亮的毛筆字和鋼筆字，更是數十年磨練的成績。

大約小學一年級開始吧，父親規定我和妹妹，每天用毛筆寫一張大楷和一張小楷。大約是小學三年級開始吧，每天晚飯後，我得坐在書桌前，隨著父親朗誦唐詩和古文。

現在強調多元價值，「三百六十行，行行出狀元」。然而以前在「萬般皆下品，唯有讀書高」的傳統觀念下，父親對我和妹妹有很高的期許，他能做的，就是把自己自修得來的「學問」傳給子女。

父親「會」什麼呢？他覺得自己「只會」寫幾個毛筆字，「只」讀過幾本古書。夠了！對一個七、八歲的孩子來說，這點兒「學問」，他還應付得了。於是，他開始很認真的，將學來的注音符號，用鉛筆寫在唐詩或古文的生字旁邊，有些注音怪怪的，不怎麼正確，那個七、八歲的孩子，也跟著發出怪怪的聲音：「勿道人之短，勿說己之長……」

仲夏的夜晚，繁星滿天，蛙鳴震耳，隔著竹籬笆，綠紗窗裡，微黃的燈影下，一個圓圓臉的女孩，隨著身旁瞇起眼睛的父親，搖頭晃腦，不知所云的「之」、「乎」、「者」、「也」。

小女孩一天天長大了，有這麼一天，這麼一個機會，無意中翻到一本已經泛黃的書，一頁頁，一篇篇……，一個個似曾相識的故事，躍進眼中，與腦海中某種舊日印象重疊……。

《小寓言故事集》這本書，就是在這樣的心情下，經過翻譯、整理、修正，與讀者見面的。感謝父親，為「我的童年」和「你的童年」，做了一次最有意義的串聯。

字畝文化的「早安！經典」書系，以出版適合中小學生晨讀的短篇讀本為目標，將《大文豪故事集》、《小寓言故事集》這兩本書納入其中。這兩本故事集所收的故事，曾在聯合報系民生報兒童版刊載，也曾出過單行本。不過，這次字畝精心編製的新版本，與早年版本很不一樣，不但篇目經過調整，也特別增補了新的故事，並邀請新生代插畫家繪製生動插畫，讓讀者耳目一新！一篇篇讀下來，不僅打開美善視野，更獲得知性和感性上的心靈洗禮。

祝小讀者們「腦洞全開」，快樂閱讀，走進迷人的經典寶庫！

目錄

有情世界

意在言外

羊走失了

取材／戰國．列子《列子．說符》

楊朱是戰國時代的人，很有學問，被稱為楊子。

有一天，隔壁鄰居的羊走失了，鄰人除了帶領許多人去尋找，還請了楊子家的小僕人也一塊兒幫忙追羊。

楊子說：「走失了一隻羊，何必要那麼多人去找呢？」

鄰人說：「這是因為前面的歧路太多了啊！」

楊子家的小僕人回來以後，楊子問他，羊有沒有追回

來？小僕人說：「沒有。因為歧路的中間還有歧路，大家無法判斷羊的去向，只好回來了。」

聽了這段話，楊子的臉色忽然變得沉重起來，多日不言不語。

學生覺得很奇怪，便請問楊子：「羊不過是畜牲，而且又不是老師遺失的，您為什麼這樣悶悶不樂呢？」

楊子回答說：「因為路的分支太多，所以羊容易走失。我們讀書的人，如果沒有走上正確的方向，也可能像走失的羊一樣，誤入歧途而一事無成！」

防盜計

取材／戰國・列子《列子・說符》

晉國的盜賊很猖獗，晉侯深以為苦。

有一個叫郄ㄒㄧˋ雍的人，能夠透過觀察表情，偵測出一個人是不是盜賊。

晉侯便用了郄雍辨別盜賊，果然很靈驗，盜賊也因此消滅不少。

晉侯的臣子趙文子卻顯得很憂慮，說：「大王，您靠郄

雍剷除盜賊，依我看，晉國的盜賊不但消滅不了，郄雍也不得好死呢！」

不久，郄雍被盜賊殺害滅口的消息傳來，晉侯很吃驚，立刻把趙文子請來，問他說：「真是被你說中了！以後該用什麼方法捉盜賊呢？」

趙文子說：「大王如

果想使國內沒有盜賊，不如從根本做起，任用賢能的人，讓賢能的人教育百姓、感化百姓。人人都有廉恥心的話，也就不會有那麼多盜賊了。」

晉侯聽了趙文子的話，起用賢能的人主持政務，很快的，國內的盜賊都逃到別國去了！

齊景公打獵

取材／戰國《晏子春秋》

齊景公上山打獵，看見老虎；走到水邊，遇見蛇。回去以後，便請教宰相晏嬰：「我今天外出打獵，上山的時候看見老虎，經過水邊又遇見蛇，這大概是俗話說的『不吉利』吧？」

晏嬰回答：「國家有三件事稱得上『不吉利』。第一是不知道誰是賢能的人；第二是知道有賢能的人，卻不去用；

第三是用了賢能的人，卻不信任他。這些才是真正的不吉利。現在，您在山上遇見老虎，山上原本就是老虎活動的地方；在水邊見蛇，水邊原本就是蛇住的地方；都是很自然的事，又有什麼不吉利呢？」

化解危機

取材／漢．司馬遷《史記．滑稽列傳》

淳于髡ㄎㄨㄣ是戰國時代齊國人，身材矮小，言行滑稽、詼諧而善辯，多次出使諸侯列國，都因應對得體而受到重用。

在齊威王八年的時候，楚國派大軍攻齊。齊王便派淳于髡到趙國去請求救兵，並準備送上黃金百斤、車馬十輛做為見面禮。

淳于髡見了，不禁仰天大笑，把帽帶子都給笑斷了。威王問：「先生嫌禮送得少嗎？」淳于髡說：「豈敢！」威王又問：「那你笑什麼呢？」

淳于髡回答：「剛才我從東邊來的時候，看見路旁有一個農夫請求神明降福、祈禱田地豐收。他手裡拿著一隻豬蹄子和一壺酒，禱告說：『但願那邊的高地，有滿車滿車的收成，這邊的低窪地，也有滿車滿車的豐收！』我看他拿的祭品那麼少，所求的願望卻這麼大，所以覺得好笑。」

淳于髡講了個寓言故事，馬上就讓威王有所領悟，加送黃金兩萬四千兩、白璧十對、車馬百輛。淳于髡就辭別齊王，來到了趙國。趙王很高興的收了厚禮，給了他精兵十

萬，兵車一千輛。

了。

楚國聽說趙國的救兵來了，就連夜撤兵，不再攻打齊國

兵不血刃，就化解了戰爭。

一飛沖天

取材／漢．司馬遷《史記．滑稽列傳》

齊威王愛好安逸，經常通宵達旦的喝酒狂歡，把一切政務任由公卿大臣處理，以致荒廢了國事，鄰國諸侯都想乘機侵略。

威王的左右大臣很著急，卻不敢進諫。聰明的淳于髡（ㄎㄨㄣ）便以說故事的方式暗示威王：「國內有一隻大鳥，停留在大王的宮庭裡，三年不飛不叫，大王您知道這是什麼鳥嗎？」

威王說：「這隻鳥，不飛便罷了，一飛起來，就要沖上青天；不鳴叫便罷了，一鳴叫起來，就相當驚人。」

威王聽出淳于髡話中有話，馬上收了玩心，上朝聽政。他改革朝政、整頓地方，有賞有罰，使得齊國國力大增。入侵的諸侯一看情勢轉變，就都把侵占的土地歸還給齊國了。

一斗酒和十斗酒

取材／漢・司馬遷《史記・滑稽列傳》

齊威王在後宮設宴，請淳于髡（ㄎㄨㄣ）喝酒。

威王問：「先生的酒量如何？」

淳于髡說：「我喝一斗會醉，十斗也會醉。」

「這話怎麼說？」威王問。

淳于髡說：「接受君王的賞賜喝酒，旁邊有執法官，後邊有御史大夫；這種情況下，低頭伏地而飲，因為緊張惶恐，喝一斗就醉了。如果是奉父親之令喝酒，我一面彎腰跪地侍奉貴賓，一面要舉杯敬酒，這樣來回幾次，喝不到二斗酒也就醉了。如果是與知己的朋友相聚，歡敘往事，暢談別後各人經歷，這樣可以喝上五、六斗酒才會醉。如果是鄉里集會，男女雜坐，彼此可以隨意對談飲酒，尋伴捉對，有人喝得耳環掉了，有人喝得髮簪丟了，這樣放鬆的場合，我可以喝上八斗酒，醉意也不過三兩分。等到夕陽西下，酒客漸少，大家合杯飲酒，男女同席，挨近相坐，桌上杯盤狼藉，地上鞋屐交錯。最後，大堂上的燭火熄滅了，主人送走其他客人，只留下我，我們寬衣解襟，沒有任何拘束，這個時

候，我可以痛快的喝上十斗酒也不成問題。所以說：『飲酒過了分就會亂性，歡樂過了頭就會生出事端。』就是這個意思。」

「說得好！」齊威王知道淳于髡暗示他「一切不可以過度」，就從善如流，停止了終夜宴飲的習慣，認真治理國家。

智勇雙全的少年

取材／唐・柳宗元〈區寄〉

區寄是一個以砍柴牧牛謀生的孩子，十一歲那年，被兩名強盜劫持，反綁了他的雙手，又拿布塞住他的嘴，走到四十里路外的鄉鎮上，想將他賣給人家做僮僕。

區寄假裝很害怕的樣子，啼哭不止，兩個強盜當他不中用，並不怎麼留心他，只管對坐喝酒。喝到盡興，一個去鎮上交涉販賣小孩的事，一個便躺下睡覺，順便把刀插在泥地上。

區寄等那個強盜熟睡後，就把身體轉過來，把縛在背後的繩子，貼著強盜插在地上的刀刃，一上一下的磨著。好不容易把繩子磨斷了，區寄就鼓起勇氣拿刀殺死睡夢中的強盜。

區寄還來不及逃遠，就遇上另一個去鎮上交涉買賣回來的強盜，強盜很驚駭，捉住區寄，想要把他殺掉。區寄卻說：「同時做兩個人的僮僕，我到底要聽誰的話才好？你如果肯好好待我，我會聽話，隨你處置。」

那強盜聽了，不禁暗自想道：「與其把他殺掉，不如把他賣掉；與其賣了平分，不如一個人獨吞。不錯，這孩子殺了那個傢伙，倒也方便。」便把同夥的屍體藏好，再把區寄押到買主那裡去。為了怕他再逃，繩子綁得格外牢固。

到了半夜，區寄側轉身體，讓縛手的繩子，靠近爐火，把繩子燒斷，雖然把手灼傷了，也咬緊牙關忍住疼痛。

燒斷了繩子，區寄便拿刀殺死那個強盜，然後大叫大喊，驚動了街坊鄰居，全部跑來看個究竟。

區寄對眾人說：「我是區家的兒子，不應該被賣做僮僕，兩個強盜綁架我，幸好都被我殺了，我願意去報官。」

鎮上的小官員就去報告州官，州官又去報告郡守，郡守喚區寄去問案，看著竟是一個憨直的少年，很佩服他的勇氣，想留他做小吏。區寄不肯，郡守不便勉強，便派了幾個人護送他還鄉。

那一鄉專做拐賣惡事的盜匪，個個斜著眼睛看他，不敢招惹他，還說：「這個小孩比秦舞陽❶小兩歲，卻連殺了兩個強盜，咱們可要離他遠一點呀！」

注❶　秦舞陽，是戰國時陪同荊軻刺秦王的少年勇士，當年才十三歲。

摸鐘

取材／宋・沈括《夢溪筆談》

陳述是宋朝人，他任職建州浦城縣縣官的時候，辦了一件特別的失竊案。

有個富人被小偷偷了東西，抓到幾個有嫌疑的人，卻不知道哪個才是真正的小偷。於是陳述派人抬來一口大鐘，告訴那些有嫌疑的人說：「這口鐘很靈，沒有偷東西的人摸它，鐘不會響，偷了東西的人一旦摸著它，鐘就會響聲。現

在你們把手伸進去試一試。」

說完，陳述就和隨從很虔誠的向鐘祈禱一番，然後用布幔把鐘圍起來，叫嫌疑犯一個個把手伸進去摸鐘。

「把手給我看看。」陳述說。

每個人的手都變得黑黑的，只有一個人的手沒有變黑。

「就是你！」陳述一口咬定這個人是小偷。

原來，他暗中差人把墨汁塗在鐘上，那個手上沒有沾上墨汁的人，因為偷了東西心虛，不敢去摸，反而露出破綻來了。

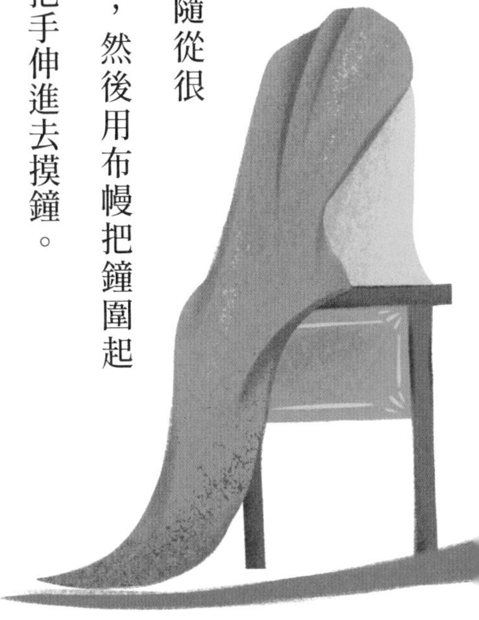

鐘聲之辯

取材／宋・歐陽修〈甲乙辯〉

某甲問某乙說：「用銅做鐘，把木頭削成桿，然後拿木桿敲鐘，鐘便鐺鐺鐺的響了起來，那麼，請問：這鐘聲是從木上發出來的呢？還是銅上發出來的呢？」

某乙回答：「用木桿敲牆，沒有鐺鐺的聲音，敲鐘就有鐺鐺的聲音，鐘聲當然是從銅發出來的了。」

某甲又問：「好，那我再請問你，如果用木桿敲打堆著

的銅錢，會發出鐘聲嗎？如果發不出鐘聲，你怎麼能說，鐘聲是從銅上發出來的呢？」

某乙便說：「堆著的錢幣是積實的，鐘是中空的，聲音就是從中空的器具裡發出的。」

某甲再問：「那麼，用木頭或泥做成鐘，裡面是中空的，敲起來卻沒有鐺鐺鐺的聲音，你怎麼說鐘聲是來自中空的器具呢？」

某乙被問得一時語塞，不知該如何回答。在這場邏輯比賽落居下風。

工之僑獻琴

取材／明．劉基《郁離子》

工之僑得到一塊上好的桐木，他用桐木製成一具好琴，把它獻給掌管禮樂的太常官，太常叫樂師檢視這具琴的好壞，樂師說：「這具琴沒有古氣，算不得上品。」

太常把琴還給工之僑，工之僑便把琴帶回家，和漆工商量，做出斷紋，又和雕工商量，修改成古老的式樣，然後把琴埋進土裡，一年後再掘出來，拿到古玩店。有錢人用高價

把琴買了去，再獻到朝廷，樂官們看了，都說這具琴是稀世之寶。

工之僑聽了，不禁嘆著氣說：「需要造假，才會被認為有價值！這社會真是可悲呀可悲！」

工之僑後來隱居山林，再也沒有人知道他的下落了。

家有賢妻

取材／南朝劉宋・范曄《後漢書・列女傳》

樂（ㄩㄝˋ）羊子是後漢河南人，有一天，在路上撿了一塊金子，回家便交給妻子。

妻子說：「有志氣的人，不喝盜泉❶的水，正直清廉的人，不吃別人憐賞的食物。你撿了別人遺失的錢財，豈不是見利忘義，汙損了品行嗎？」

樂羊子聽了，覺得很慚愧，便把金子丟到野外，離家從師求學。

一年後，他回來了，妻子問他回家有什麼事？

「出外久了，很想念家裡，回來看看，沒有別的原因。」樂羊子說。

妻子拿了剪刀，走到織布機前，說：「綢布的原料是蠶繭，經過織機，一絲一絲積起來成寸，一寸一寸織起來，才能成丈、成匹❷。現在，如果把所織的綢剪斷，就是中途而廢，一切白忙了。這就好比你外出求學，還沒有告一個段落就放棄了，不是很可惜嗎？」

樂羊子被妻子的話感動，就再度出門，完成了學業。

注❶ 孔子曾經過「盜泉」這個地方，因為厭惡它的名字不正派，雖然口渴，也不喝「盜泉」的水。

注❷ 丈、匹，都是古代布匹的長度單位。十尺是一丈，四丈是一匹。

紫荊樹

取材／南朝梁・吳均《續齊諧記》

陝西地方有三兄弟，大哥田真，二哥田廣，三弟田慶，三人共同商議分家，分到最後，剩下屋子前的一株紫荊樹，怎麼分才公平呢？三人決定第二天把樹砍成三份。

到了第二天，不知怎的，紫荊樹好像被火燒過一樣，忽然枯死。田真看見了，吃驚的對兩個弟弟說：「樹本來是同根生長的，聽說我們要把它砍斷平分，所以枯死了，這樣看

來，我們真是連樹都不如了！」兩個弟弟感動之餘，也就不再分樹了。

奇怪的是，那株樹竟像長了耳朵，一聽說不再分解它，立刻活了起來，枝葉長得比以前更加茂盛！

三兄弟有感而發，決定把已分的財產重新合起來，從此不再提分家的事。紫荊樹也就成為兄弟情義的象徵。

啞孝子

取材／宋・沈括《夢溪筆談》

從前有個孝子，沒有姓名，也不知道他的籍貫，因為他是個啞巴，又很孝順，人們便稱他「啞孝子」。

啞孝子的父親很早就去世了，和母親相依為命。母親年紀很大了，沒有謀生的能力，就靠啞孝子乞討過日。

啞孝子不會說話，和人相處的時候，只能用手勢表達意思，但是母親是冷、是餓，不必打手勢，他心裡都明白。

啞孝子家貧沒有東西吃，便去討人吃剩的東西來供養母親，討著了，等母親吃完，自己才吃。有一個吃瓜的人，給了剩瓜，還悄悄跟在後面看個究竟，看到啞孝子果然把瓜孝敬了母親，不禁感動得流下淚來。有時候，他的母親要是生氣，啞孝子就會像老萊子那樣，跳舞逗笑，直到母親快活起來。

後來，他的母親死了，鄉里正準備捐錢收殮屍體，啞孝子卻牽了一個鄉人的衣服，到了一口井的旁邊，往井裡指指點點。鄉人便引了繩索往下看，井底竟堆了不少銅錢。原來，啞孝子每天乞討回來，都會丟一文錢在井裡，日積月累，自然就積少成多了。

啞孝子用儲蓄的錢埋葬了母親，就離開居住的地方，再也沒有人見到他了。

賣假漆

取材／明・劉基《郁離子》

虞孚向計然先生請教謀生的方法，學得了種漆樹的本領。三年以後，漆樹長成了，虞孚取得了漆液幾百斛（古代計算容量的單位），打算運往吳國銷售。

有一個親戚對他說：「我曾在吳國做買賣，知道吳國人講究裝飾，漆在那兒是高價的產品。有些賣漆的人，為了賺錢，把漆樹的葉煎成膏，攙在漆裡，不但加倍獲利，也沒有

人知道。」

虞孚聽了很高興，覺得有利可圖，就照著親戚說的，把漆葉煎了幾百罈膏，和真漆一塊兒運到吳國。

那時，吳國正和越國斷絕邦交，越國的商人，不到

吳國去做買賣。吳國人正愁沒漆可用，專做承攬買賣的人聽到虞孚供應漆貨，非常高興，不但親自迎接他進吳國，還把他當做貴賓招待。

那個承攬買賣的人，見虞孚的漆

品質很好，便和他約定時間，備了現款來拿漆。虞孚見銷路這麼好，就趕緊趁著夜深人靜，把漆葉膏和真漆和在一起，準備謀取高利。

第二天一早，吳國商人來取貨，無意中發現所有漆罎上的封條有新換的痕跡，不禁感到懷疑，便要求改約，延後二十天再來取貨。

誰知道攙了漆葉膏的漆，不到二十天，就都腐敗了。虞孚不但賺不到錢，還賠了老本，連回鄉的旅費都沒有，最後落魄變成了乞丐，病死吳國！

三個賣藥商人

取材／明・劉基《郁離子》

有三個四川商人，都做賣藥生意。

其中一個專賣優質品，預算買進成本若干，賣價和成本相近，做買賣堅持「不二價」，既不多賺錢，也不肯虧本打折。

另一個賣藥的是優質、劣質的藥材都收集，至於價格高低，隨買客開價；價開得高的，藥就給好些；價開得低的，藥就給差些。

第三個賣藥的則不求藥材品質，只管銷量要多，賣的價錢也很低廉，顧客要求多給，他就多給一些，並不計較。結果他的店面愈開愈大，很快就賺大錢了。

那個優質品、劣質品兼收的，賺的錢雖不如第三個商人多，但是沒過多久，也富有了，日子過得很好。

只有那個專賣優質品的商人，從早到晚冷冷清清的沒有生意，過了一年，不但虧盡老本，還變得非常貧困，連三餐都成了問題。

郁離子知道這事以後，不禁嘆著氣說：「不少做官的

人，也是這樣啊！從前楚國邊境有三個縣官。一個縣官很清廉，卻得不到上司的歡心，革除了他的官職，他離職的時候，連雇船的錢都沒有，大家都笑他呆。第二個縣官，可以收錢就收，百姓不但不恨他貪財，反而稱讚他是個賢人。第三個縣官，什麼錢都拿，不但賄賂上司，對待吏卒、部屬也很巴結，加上愛與有錢的百姓結交，不到三年，就做了重要的官職，而一般的百姓，也都稱讚他賢能。這不是很奇怪的事嗎？」

張大觀救母

取材／清．張九鉞〈記拯溺母〉

清朝乾隆二十六年秋天，河南的伊水和洛水氾濫，洪水沖破了堤防，來勢洶洶的灌進城裡，居民都逃到城樓上避難，張大觀也扶著老母親匆匆登樓。

沒想到，水勢太猛烈，把城樓給沖塌了，許多人溺死。張大觀的左手也給石柱壓斷了，只剩下一截手臂連著一點手腕的肉，鮮血立刻染紅了水面。

張大觀一心掛記著被水沖走的母親，也不管兒子在後面喊叫，拚命游向母親，奮力用剩下的一隻手托起母親，把老人家安置在一株浮在水面的老樹上，再游水去尋找食物給母親吃。

老母親摸著他的斷手傷心的哭泣，他卻裝出不在乎的樣子：「我的手雖然斷了，並不很痛，母親請多保重，千萬不要為我擔心！」

大水終於退了，張大觀背著母親回家，把衣食安頓好，當天晚上，就因為傷勢過重而死了。

戒賭

取材／清・劉德新《餘慶堂十二戒》

劉德新是清朝人，生平最痛恨沉迷賭博的人。

他寫過一篇勸人戒賭的文章，說：「小人好（ㄏㄠˋ）賭，是做盜賊的開始；君子好賭，是貪財的起點。」大凡好賭的人，無非希望將本求利，以少贏多。如果輸了錢，就想一賭再賭，像鬼迷了心竅似的，一心想把輸了的錢贏回來；至於已經贏了錢的人，當然希望贏得更多，錢上加錢，利慾薰心，也像

鬼迷了心竅，一賭再賭，停不了手。

事實上，大凡賭博的人，「十賭九輸」是不變的道理，少有人靠賭而致富的，最後鐵定是輸光老本，債臺高築。在走投無路的情況下，不是自暴自棄潦倒以終，就是「狗急跳牆」起了壞心眼，做起害人害己的事，不但惹出各種麻煩，身家性命也難以保全了！

酒害

取材／清・劉德新《餘慶堂十二戒》

清朝人劉德新大力勸人戒酒。喝酒的害處，真是一言難盡。《左傳》有句話：「用兵像用火，不好好控制，是會把自己給燒死的。」喝酒也等於用兵，不好好控制，也等於慢性自殺。

喝酒的害處，不但是外表喪失儀容，內在喪失德行而已。許多人舉起酒杯，一口喝乾，自以為痛快豪爽的說：

「但願長醉不願醒！」等到喝過了量，頹然醉倒，說他不似夢，又好像是夢；說他活著，又好似死了，就算他夢醒了，似死而復活了，肚子裡的酒，還是要作怪，嘔吐起來，狼藉滿地。

人的身體，冷、暖、燥、濕都抵擋不住，又怎麼能經得起酒的摧殘折磨呢？何況，酒一喝多，氣就粗，氣一粗，膽就大，不是狂叫大笑，就是大悲大怒，有時安放杯盤的地方，因此變成動武的戰場。因為酗酒弄得家破人亡的例子，實在數不勝數！

唉，浸沉飲酒的人，就算不喪失德行，不損壞儀容，難道就不為自己的性命著想嗎？

崇明老人

取材／清．陸隴其〈崇明老人記〉

江蘇崇明縣有一對老夫婦，先生九十九歲，太太九十七歲。

夫婦倆有四個兒子，年輕的時候，由於家境貧困，無法維持生計，不得已，只好把兒子賣給富人家做奴僕。後來兒子長大了，不但都能自立，而且贖回了自由，結婚生子，並帶了自己的妻兒與父母同住一起。

四個兒子都是做生意的，四家店鋪排列在一起。他們奉養父母親很孝順，起初決定每月輪流由一家供給父母膳食，一個月滿了，再換一家。可是大媳婦說：「公婆年紀老了，要是一月一輪，四家輪過來，必須過三個月，才能侍奉，未免太疏遠，不如每天一輪！」

二媳婦說：「公婆年紀這麼大，若是一天一輪，也要等到三天以後，我覺得還是久了點。」

於是大家規定以一餐為度，譬如早飯在大兒子家裡吃，中飯便在二兒子那裡吃，晚餐則由三兒子供給，等到第二天早上，再到小兒子家裡吃，反正大家都住在一塊兒，老夫婦

並沒有什麼不方便的地方。

到了每月逢五逢十的日子，四個兒子就一起移到中堂聚餐，父母向著南面坐在上首，東邊是四個兒子和孫兒，西邊是四個媳婦和孫媳婦，左右照著長幼秩序坐定，眾人依次向老夫婦敬酒。

老夫婦吃飯的房間安置了一個櫥子，四個兒子還在櫥子裡各放了一串錢。老先生吃完了飯，反手向櫥裡取出一串錢，便到街上逛去，買買水果、糕餅，很是自在逍遙。櫥裡的錢用得差不多了，兒子又悄悄補進去，也不給老先生知道。

老先生有時到朋友家去玩，或是下棋，或是打打麻將，四個兒子便暗中差人帶去兩三百文錢，並請主人故意輸錢給老先生。老先生贏了錢，始終不知道是兒子的安排，快快活活的帶了錢回家。這樣的事，幾十年來，從沒有改變過。

老夫婦倆，到了長子七十七歲的時候，身體還很硬朗，那時候，其他兒子的頭髮也多半白了，孫兒和曾孫加起來一共有二十多人，生活過得和諧愉快。

崇明縣的武官劉兆，為此送了一副對聯給老夫婦，對聯上寫的是：「百齡夫婦齊眉，五世兒孫繞膝。」意思是表彰老夫婦「子孝孫賢」、「家庭生活美滿幸福」！

習慣成自然

取材／清．劉蓉〈習慣說〉

劉蓉是清朝人，年少時候，在養晦堂靠西的一間屋子裡讀書。他讀書的時候，時而仰起頭來沉思，時而低下頭來冥思，遇有想不透的地方，便站起身來繞著小屋踱方步。久而久之，屋裡一塊低陷的地方，愈踩愈往下陷，剛開始還會絆腳，習慣以後，也就不覺得什麼了。

一天，劉蓉的父親到小屋裡來，看見凹陷的泥地，就吩

咐童子把泥地給填平。

劉蓉再踩到這塊地方，不禁心神一跳，覺得泥地好像鼓了起來，低頭一看，原來是平坦的。過了好一陣子，他才習慣。

原來，習慣的影響力可真不小啊！

郭駝子種樹

取材／唐・柳宗元〈種樹郭槖駝傳〉

長安西邊的豐樂鄉，有一個外號「郭駝子」的人。這個郭駝子，因為自小就患了駝背的毛病，背部高高隆起一塊，又老是低著頭走路，看起來很像一頭駱駝，鄉裡的人就管他叫「郭駝子」。他聽了不但不生氣，反而笑嘻嘻的說：「很好！很好！這樣喊我，倒是很合適哩！」久而久之，也就沒有人知道他的真名字了。

郭駝子以種樹為業，由於技術高明，所種的每一株樹，都長得高大茂盛，果子結得又早又多，其他種樹的人，雖然又羨又妒，暗地裡觀察，甚至模仿他的種樹方法，可是終究沒有人比得上他。

長安一帶的有錢人家和做生意的水果商，為了購買他所栽植的樹，爭相請他到家裡做客，待以上賓之禮。

有人問他到底有什麼祕訣，能把樹種得這麼好？郭駝子便笑著回答：「我哪有什麼祕訣！不過是順從樹木的天性，讓它自然發展罷了。」

「我所說的樹木本性，是指：根部要舒展，培土要均勻，要多帶舊土。種的時候，要小心仔細，好像照顧自己的孩子似的。等種好以後，土要踩得緊緊的，然後好像把它拋棄了似的，不要老去干擾它。那麼，樹的天性不但能保全，也得以發展了。我不過是不妨害它的生長罷了，並不是有什麼祕訣，能夠使樹木長得高大茂盛，果子結得又早又多。」

「我看其他種樹的人，就不是這樣。他們不是把樹根彎曲著，就是根上的舊土換了新的，要不就是培土的時候，一下太多，一下太少。有的人又因為愛得太殷切，擔心得太過分，早上去看，晚上去摸，不時地走來走去，看了又看。甚至撥弄著它的表面，查驗它的死活；搖搖樹根，試試泥土的鬆緊。這樣一來，樹木的本性不就一天天消失了？說是愛它，其實是害它，如此一來，哪能把樹種好呢？」

問的人說：「把您種樹的道理，用到政治上，可以嗎？」

郭駝子搖搖頭說：「我只懂得種樹罷了，政治不關我的事。可是我住在鄉裡，看見那些做官的人，老是喜歡發號施令，三天兩頭的敲鼓、打梆子（古代用竹子或木頭製成響器，用來召集群眾、報警或巡夜打更），叫老百姓集合。一天到晚都有官吏來叫著說：『這是官府的命令，教我來催促你們耕田，鼓勵你們種植，督促你們收穫，要你們早些繅絲，早些織布。要好好撫育小孩，雞、鴨、牛、羊、豬都要飼養

好！』在這種情況下，我們這些小老百姓，就是停了早、晚餐來慰勞接待這些官員，都已經忙得團團轉，又怎麼能夠增加生產，過自在安樂的日子呢？像這種情形，和我種樹的道理，不是有些相像嗎？」

問的人不禁肅然起敬，感嘆的說：「實在對極了！沒想到，我問的是種樹的方法，卻知道了待人處世的道理。」

警告鱷魚

取材／唐・韓愈〈祭鱷魚文〉

廣東潮州縣城東北，有一條「鱷江」，因為鱷魚為患而得名。某年某月某日，潮州刺史韓愈，派遣屬下的官員秦濟，把一隻羊、一隻豬，投入鱷江的深水中，做為鱷魚的祭品，隨後寫了一篇文章，昭告江裡的鱷魚，要牠們早早滾蛋，不要再做危害生靈的壞事！

文章是這麼寫的：

「鱷魚！你們不可以和百姓同住一個地方！刺史我受天子的命令，防守這塊土地，治理這裡的人民，沒想到，你們這些鱷魚，卻凶悍的占據了鱷江，吃百姓所養的禽畜，和山澤中的動物熊、豕、鹿、獐，藉以養肥自己的身體和繁殖子孫！我這個做刺史的，怎容得你們亂來，危害百姓！

「鱷魚！如果你們有靈性，就應該聽從我的命令。大海就在你們的南面，早上從這裡出發，晚上就到了。我限你們在三天之內，率領你們的同類，向南遷移到大海！三天辦不到，寬限五天；五天辦不到，寬限七天；如果七天還辦不到，就是你們冥頑不靈，不把刺史我放在眼裡了！冥頑不靈

又害民害物的東西，都是可以殺的！刺史我就要挑選有才能有技藝的官民，拿了強弓利箭和你們周旋，殺得你們片甲不留才肯罷休，到時候，可別後悔啊！」

說也奇怪，警告鱷魚的祭文一經念出，當天夜裡，狂風暴雨，雷電交加。幾天以後，江水全乾了，鱷魚群果真向西遷徙六百多里。從此以後，廣東潮州這個地方，不再有鱷魚為患！

愛蓮

取材／宋．周敦頤〈愛蓮說〉

生在水裡、長在泥裡的花草樹木，可愛美麗的數也數不清。譬如：晉朝的陶淵明喜愛菊花，唐朝的李淵喜愛牡丹，這是很多人都知道的。

宋朝理學家周敦頤呢？他對蓮花情有獨鍾。因為蓮花出淤泥而不汙濁，亭亭立在水中央，清靈秀美而不妖豔；它的梗子中空外直，沒有橫生的枝節，香氣愈遠愈清，只可以遠

遠的觀賞，不能隨意折弄。

菊花，一如隱居在山中的隱士，孤傲清幽；牡丹，一如王孫貴族，充滿富貴之氣；而蓮花呢，蓮花可以說是花中的君子，不卑不亢，清新宜人。

周敦頤用花來象徵人的內在。他感慨：喜歡菊花的人，自陶淵明以後，好像已經不多了；喜歡牡丹的人，又似乎太普遍。而和他一樣愛蓮花的人，又有多少呢？

刺客

取材／宋．洪邁〈秀州刺客〉

宋高宗三年，苗傅、劉正彥二人相偕作亂，宣撫使張浚ㄐㄩㄣˋ便準備興兵殲ㄐㄧㄢ敵。

有一天晚上，張浚獨坐房內，左右侍從皆已睡去，忽然看見一個人，手裡拿著把刀，站在燭光後面。

張浚知道是刺客，卻不慌不忙的問：「是不是苗傅和劉正彥派你來殺我的？」刺客說：「是。」張浚便點著頭：「既然如此，你就拿了我的頭去吧！」

「我也是讀過書，知曉大義的人，豈肯被賊人利用？」

刺客說：「何況你是這樣忠義的人，我怎麼忍心害你！只是恐怕你防備不嚴密，遇有其他刺客行刺，特別來告訴你的。」

張浚便問：「你要錢嗎？」

刺客笑著說：「殺了你就可以受重賞。我並不需要錢。」

「那你肯留在這裡為我服務嗎？」張浚又問。

「家有老母等我回去侍奉，不能留在這裡。」刺客回答。

張浚再問他姓什麼名什麼，刺客低頭不語，提起衣服，便躍上了屋頂，一點兒聲音也沒有，就失去了蹤影。

那晚的月色很明媚，月光下飛身離去的刺客，看著就像一隻展翅的大鵬鳥。

愛鳥的老太太

取材／宋・蘇軾〈記先夫人不殘鳥雀〉

宋朝文學家蘇軾，號東坡居士。他的母親慈悲為懷，不喜歡殘害生物。

蘇軾幼時居住的書房前面，種植了各種竹柏和花草，由於庭院草木繁茂，引來不少鳥雀，他的母親下了命令，不論孩童、婢女、僕人或是家人，一律不准捉打鳥雀。

久而久之，許多鳥雀都在樹木的低枝上築巢，只要彎下

腰，就可以看到巢裡的小鳥。美麗的鳥雀每天在庭院裡飛來飛去，不僅歌聲嘹亮，羽色鮮豔，性情也很活潑，一點兒也不怕人。鄉間人見了，多認為是一件稀奇的事兒。

鄉裡有個老人家說：「鳥雀的巢，築在村子裡，免不了要受蛇、鼠、狐狸、鴟（ㄔ）、鳶（ㄩㄢ）的侵害。若是人類不殘殺牠們，牠們自然就接近人了。凡是善意對待、不去傷害對方，就算不是同類，也一樣可以彼此信任的。」

照這樣看來，如果鳥雀做巢，不敢做在接近人的地方，應該也是因為牠們發現人類比起蛇鼠，還要殘忍危險。

金絲猿

取材／明・宋濂〈猿說〉

福建武平縣這個地方，出產一種珍奇的猿猴，身上的毛像金絲，閃閃發亮，非常美麗，小猿猴更是特別，性情溫馴，整天跟在母猿身邊，一步也不離開。

母猿很狡黠，想捉住牠不容易，獵人就把毒藥塗在箭頭上，趁母猿不注意的時候射死牠，好剝取珍貴的猿皮。

中了毒箭的母猿，覺得自己活不成了，便把奶汁灑在樹林裡給小猿吃，奶汁灑完了，也斷氣了。狠心的獵人不滿足，射死了母猿，還想活捉小猿，便剝下小猿母親的皮，用鞭子用力抽打。躲在樹上的小猿看了不忍心，悲傷啼哭著爬下樹來，縮手縮腳，輕易就被制伏了。每天晚上，小猿要睡在母猿的皮上才覺得安心，有的甚至抱著母猿的皮撞地而死！

哎！小猿尚且知道母親的慈愛，不惜一死，何況我們人類呢？

辛苦的老鳥

取材／清．徐善建〈哺雛詩〉

有一天，徐善建抱著兒子在樹下逗樂。當他抬頭看見碧綠茂盛的葉子，像一把傘似的，遮住了庭院，兩隻忙碌的鳥兒在窩巢附近飛進飛出，不禁出了神。

他分不清哪一隻是雌鳥，哪一隻是雄鳥，只見其中一隻忙著捉青蟲，另一隻留在巢裡抵禦侵略的老鷹，兩隻鳥的羽毛紛亂，無暇整理，一心只顧著窩巢裡張嘴待吃的小鳥。

唉，小鳥，小鳥！哪裡知道老鳥的辛苦呢？徐善建想到父母養育自己的恩惠，不禁流下感動的眼淚！

梅樹生病了

取材／清．龔自珍〈病梅館記〉

南京的鍾山，蘇州的鄧尉山和杭州的西溪，都盛產梅樹。

根據一般文人畫家的看法，梅樹的枝幹要彎曲，才稱得上「美」，如果枝幹直直的，就沒有姿態可言。枝幹要傾斜才美，如果又正又直，就沒有景致可言。枝幹最好是疏疏的，如果交錯雜密，也沒有美感可言。一株梅樹，如果

「曲」、「斜」、「疏」三者兼具，才稱得上是「上品」。

這種說法，龔自珍可不同意。他尤其反對以這種觀點做為評鑑梅樹「美」與「醜」的標準，讓那些種梅的人，把直的枝幹砍斷，把茂密的枝葉折斷，為了求得厚利，迎合文人畫家的癖好，而阻礙梅樹自然的生長。甚至使江浙一帶的梅樹，全變成一個標準模樣。

為了醫治這些「病重」的梅花，他花了不少錢，買回三百多盆。眼看這三百盆被「修理」得面目全非的梅花，不禁難過得哭了三天三夜！發誓要把它們一一醫好。

龔自珍把三百個花盆全部毀棄，紓解這些梅樹飽受的束縛，將它們埋進肥沃的土地裡，勤加培植、看護。他願意花五年時間，好好治療這些梅樹所受到的傷害。就算被人譏笑，也不在乎。

和氏璧

取材／戰國．韓非《韓非子》

楚國有個名叫卞和的人，在楚國的山裡尋得一塊璞玉，便把這塊未曾雕琢的美玉獻給厲王。厲王叫玉工鑑定，不識貨的玉工說：「這是石頭啊！」厲王以為卞和故意欺騙他，一怒之下，令人將卞和的左腳砍掉。

厲王駕崩，武王即位，卞和又把這塊璞玉獻給武王。武王又叫玉工鑑定，不識貨的玉工又說：「這是石頭嘛！」武

王心想卞和膽敢又來欺騙他，大怒之下，便下令把卞和的右腳砍掉！

武王駕崩，文王即位，卞和便抱著璞玉，在楚國的山下哭了三天三夜，不但哭乾了眼淚，最後連血都哭出來了。文王知道了，便差人去問他：「天下被砍掉腳的人，不知有多少，你怎麼哭得這樣悲傷呢？」

卞和回答：「我並不是因為失去雙腳而悲傷，我悲傷的是，美玉被當做石頭，誠實被當做欺騙啊！」

文王便差玉工去雕那塊璞玉，果然琢磨出一塊稀世寶玉，感嘆之餘，將寶玉命名為「和氏璧」。

施與受

取材／春秋—戰國《禮記．檀弓篇》

春秋時代，有一年，齊國發生饑荒，有個叫做黔敖的人，在道路旁準備了食物，施捨給路過的飢民吃。

有一個飢民用袖子遮臉，有氣無力，腳步不穩的走了過來。黔敖左手拿著食物，招呼那人說：「喂，來吃東西！」

那人勉強睜開眼睛，瞪著黔敖說：

「我就是因為不接受這種沒禮貌的施捨，才落到今天這個地步！」

黔敖聽了，發覺自己的語氣和態度不對，於是立刻道歉了。可是這人還是不肯吃，最後就餓死了。

曾子聽了這件事，就嘆口氣說：「唉，剛開始，那人因為黔敖的態度不夠禮貌，固然可以拒吃，但後來黔敖既然已經向他道歉了，就可以接受食物了，何苦那樣堅持、固執，把自己活活給餓死呢！」

這就是「不吃嗟來之食」的故事。嗟，不禮貌的招呼聲。「不吃嗟來之食」，就是不接受帶有侮辱性的施捨。

高祖斬蛇

取材／漢・司馬遷《史記・高祖本紀》

漢高祖劉邦，早年還是個小小的地方官——沛縣亭長的時候，負責押送一批農民去驪山為秦始皇修建陵墓。途中大部分人都逃走了。劉邦心想，即使到了驪山，沒把差事辦好，也是難逃一死。一行人走到江蘇豐縣的低窪地帶，夜裡，他喝了酒，決定豁出去了，乾脆把剩下的所有農民都放了。他說：「你們都走吧，我也不當亭長了。」看他這麼有

擔當，倒有十幾個農民願意跟隨他。

其中一個農民走在前面探路，回來報告說：「前面有一條大蛇擋路，我們還是回頭吧。」劉邦趁著酒意說：「大丈夫獨步天下，有什麼好害怕的！」於是拔劍上前，將蛇斬成兩段。走了幾里路之後，酒力發作，劉邦便醉倒在地上睡著了。

不久，一個經過斬蛇地方的路人，看見有一個老婦人蒙著臉哭泣，便問她哭什麼？老婦人說：「我的兒子被殺了，所以傷心！」

路人問她：「你的兒子怎麼會被殺呢？」

老婦人回答：「我的兒子是蛇神白帝子，守在路上，卻被赤帝子給殺了，所以我哭啊！」

路人認為老婦人胡說，沒想到老婦人忽然不見了。路人趕路到前面，把剛才遇到的事告訴剛好醒來的劉邦。劉邦內心暗暗高興，心生自豪感，跟隨他的人更加敬畏他，許多人也都來歸附劉邦。

張生養老鼠

取材／唐．柳宗元〈永某氏之鼠〉

有個叫張生的人，生性固執迷信，他因為自己生肖屬鼠，因此很愛老鼠，不但家裡不養貓，不許僮僕打老鼠，米倉裡的糧穀，廚房裡的食物，都任憑老鼠吃。

老鼠知道張生家裡不打鼠，統統來了，橫行霸道的程度非常誇張：白天與人同行，夜裡打架滋事，聲音嘈雜使人無法入睡；屋內屋外，更沒有一件完好的衣服、完整的器具。

過了幾年，張生搬家了，別人來住這房子，老鼠肆虐的情形和以前一樣。這家人對老鼠厭惡得很，就去借來五、六隻壯貓，關緊門戶，撤去屋瓦，用水灌洞，四面圍捕；被殺死的老鼠，堆得小山一般高。

老鼠！老鼠！別因為可以囂張一時，就以為可以永遠猖獗下去、不被消滅。

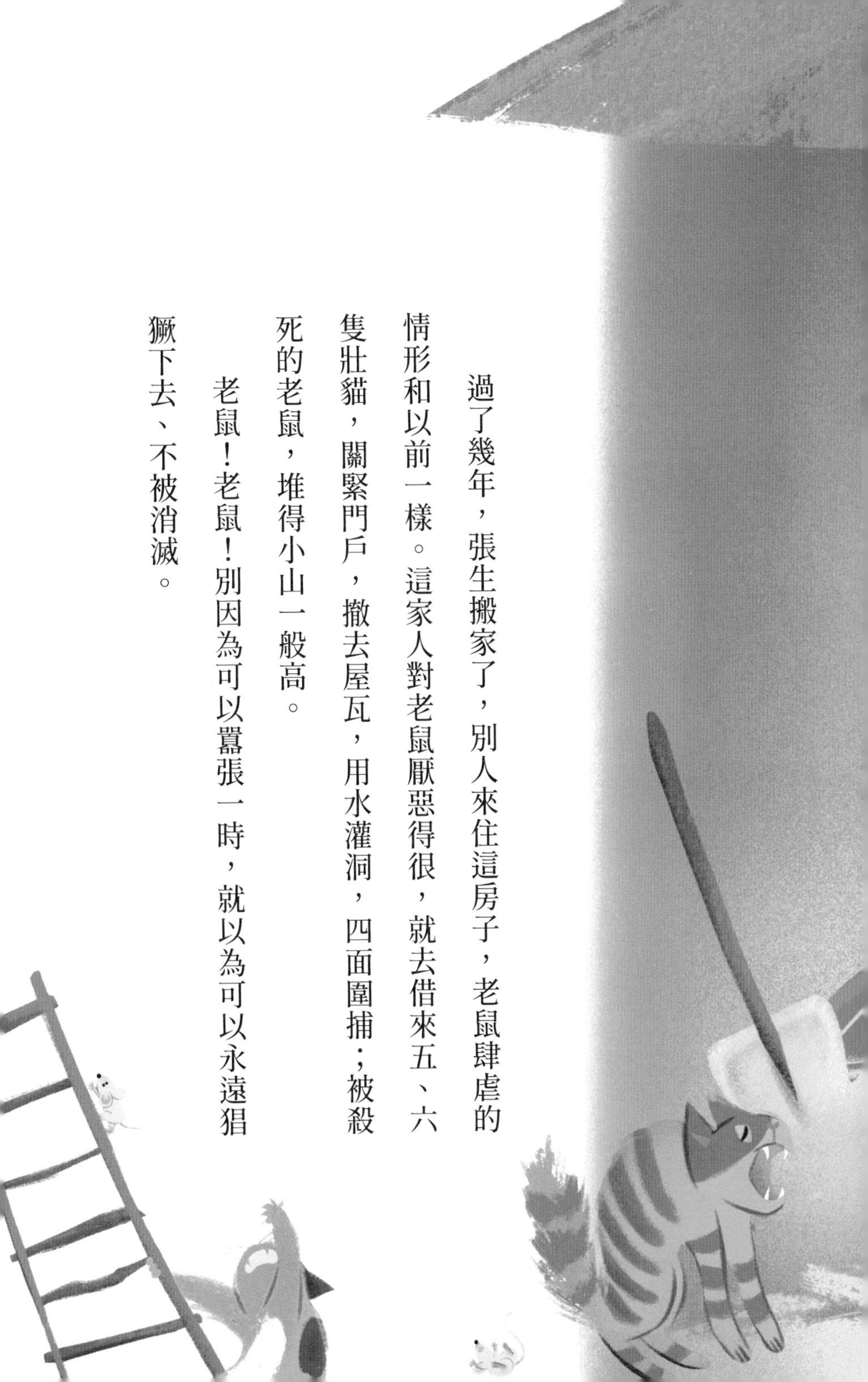

自作自受

取材／唐・柳宗元〈羆（ㄆㄧˊ）說〉

楚國南部有個獵人，能用一根竹管吹出百獸的聲音，由於維妙維肖，他便利用這個技能誘捕獵物。

有一天，獵人又背

上弓箭到山中打獵。一開始，他用竹管子吹出鹿的聲音，沒想到，引來想吃鹿的貙（一種猛獸，形大如狗，毛紋似貍），獵人知道貙凶暴，趕緊換了老虎的聲音來嚇退牠。

沒想到，這一吹，貙雖然跑了，卻把老虎

引來了。

獵人更加害怕，便吹出熊的聲音，老虎怕熊，果然給嚇退了。

不料，熊聽到同類的叫聲，也趕忙來了，這回，見到的卻是一個人，大吼一聲，往前一撲，獵人便給咬死了。

忘了我是誰

取材／唐・柳宗元〈臨江之麋〉

從前有一個人，在打獵的時候，捕獲了一頭鹿，便帶回家飼養。

鹿剛進門，家裡養的一群狗都流口水，豎起尾巴要咬牠，要不是主人趕著搶救，恐怕就被狗咬死了。

久而久之，這群狗和鹿混熟了，對牠才沒有了敵意。再過一段時日，連鹿也忘了自己是鹿，以為狗是牠的同類。狗因為怕主人，也就和鹿一塊打滾玩耍。

過了三年，鹿跑出了大門，看見一群野狗在馬路上，就毫不自覺的過去和牠們打招呼。野狗看見是一頭鹿，正愁餓得沒食物吃，就一擁而上把牠咬死、吃掉。

可憐的鹿！死到臨頭還不知道是怎麼一回事！

捕蛇人

取材／唐．柳宗元〈捕蛇者說〉

有一個地方的荒郊，經常有一種奇異的毒蛇出沒，蛇身是黑底白紋，草木一旦被蛇碰到，就會枯萎，人如果被這種蛇咬了，更是無藥可救。

這種蛇雖然毒性奇高，卻可以用來製藥，尤其對於一些很難治療又罕見的惡疾具有特效。當時的太醫，便奉了皇帝的命令，專門搜購這種蛇，凡是能夠捕捉毒蛇的百姓，可以拿蛇來代替每年兩次應繳的田賦。於是住在附近的人，都爭先恐後去捕捉。

有一個姓蔣的家族，三代靠捕毒蛇為生，有人問他捕蛇的情形，他回答說：「我的祖父死於捕蛇，我的父親死於捕蛇，至於我，從事這個行業已經十二年了，有幾次幾乎也為捕蛇把命送掉！」

他說話的神情很悲戚，問話的人不禁同情的說：「你怨恨這種捕蛇的生活嗎？我認識幾個做官的朋友，要不要我去說個情，給你換個差事，恢復你的賦稅？」

捕蛇人聽了，臉色益加悲戚，淚眼汪汪的說：「您是可

憐我嗎？唉！自從我家三代住在此地，已經六十年了。這裡的鄰居，生活一天比一天窮困，一家比一家痛苦，為了沉重的賦稅，冒著寒暑，拖著病體，辛苦工作；要不，就是被蛇給咬死。那些凶悍的差役，來到我們鄉裡，又叫又嚷的，四處騷擾，搞得鄉裡雞犬不寧。只有我，小心的爬起來，看看瓦罐裡的蛇還在，就

能安心睡覺。一年裡，我不過是補蛇的時候得冒著生命的危險，但是只要不死，其餘時間都很平安。哪像我的鄰居，天天都過得這麼痛苦？和他們比起來，我又哪敢怨恨什麼呢？」

唉，孔子說得不錯：「苛政比老虎還可怕！」沒想到田賦稅收的毒，竟然比這種毒蛇還厲害呢！

驢子和老虎

取材／唐・柳宗元〈黔之驢〉

　　貴州原本不產驢子，有一個好事的人，用船載了一頭驢子去貴州，結果派不上用場，就把牠給放在山腳下，任牠自生自滅。

　　有一頭老虎從來沒見過驢子，還當牠是什麼怪物，打量了半天，才敢走近一點。老虎稍一靠近，驢子就大叫了一聲，把老虎嚇得逃得老遠，以為驢子要吃自己呢！

過了好幾天，老虎習慣了驢子的叫聲，覺得不那麼稀奇了，開始繞前繞後的試著戲弄驢子。驢子氣極了，舉腳便踢。老虎不禁暗喜：「本事不過爾爾！」就跳了上去，咬斷驢子的脖子，把牠給吃了。

木匠

取材／唐・柳宗元〈梓人傳〉

裴封叔把房子租給一位姓許的先生住。問起這位許先生的工作，他回答說：「我擅長計算材料，判斷房子的規格，知道蓋房子時，高、深、方、圓、長、短所需要的木材。我指派工人工作，沒有我，他們就不能蓋好一棟房子，所以在官府裡做事，領的薪水比別人多三倍；在私人家裡做工，收的工錢也比別人多一倍。」

過了幾天，裴封叔走進他的房間，看見他的床缺了腳，問他會不會修理，許先生說：「要請工人來修。」裴封叔覺得他很可笑，認為他是一個沒有本事，又愛吹牛的人。

後來，京兆尹（京師地區的行政長官）要整修官邸，裴封叔恰巧經過附近，看見地上堆積著許多木材，聚集了許多工人，有的拿著斧頭，有的拿著刀鋸，大家圍成一個圓圈，面向著他家的房客許先生，態度是規規矩矩、恭恭敬敬的。

許先生這時左手拿著長尺，右手拿著黑線、圓規，一下量量房子的長、短、方、圓，一下看看各種材料的性質，一聲令下，所有的工人，都看他的臉色，等他的吩咐，沒有人敢自作主張。對工作不能勝任的人，許先生就大聲斥責，也沒有人敢抱怨。

經過了幾個月，房子造好了，所有的規格、設計完全依照許先生當初畫好的圖樣，堅固美觀，絲毫不差。房子的橫梁上還題著許先生的名字，說明某年某月某日造。而其他所有執行工作的工人，都不列名。

裴封叔不覺大吃一驚，才知道這位許先生果然有真本領。

奇遇

取材／後漢・陳實〈異聞記〉

後漢人張廣定夫婦，因為家鄉有土匪作亂，所以想逃到安全的地方。

張廣定夫婦有個女兒，名叫小娥，四歲，既走不動遠路，又背她不動，如果帶著走，免不了受拖累，到最後恐怕大家的性命都保不住。想遺棄女兒，想必女兒會餓死，又不忍心，便想把女兒藏起來。

他們居住的村子裡，有一座大古墳，墳上有個洞口，看著像口古井，從上頭往下看，洞裡黑忽忽的，下了去，卻是乾乾淨爭一小塊空地，別有洞天，倒是個藏身之處。

張廣定就繫了一條麻繩，讓女兒就著繩子溜了下去，隨後又放下許多乾糧和飲水，估計總有三、四個月的分量，待布置妥當，才依依不捨離開小娥。

等到平定盜賊，中間已隔三年，張廣定夫婦匆匆忙忙趕回家鄉，心想女兒早已死了，便悲傷的準備收拾墳中女兒的屍骨，重新殮葬。

那知走到古墳口，竟看見小娥好端端的坐在墳頭上，不

但長大了、長高了，還會叫「爹」喊「娘」，張廣定夫婦又驚又喜，忙向前仔細端詳，還怕她是鬼不是人呢！

「我兒，這些年來，你是怎麼過的？」夫婦倆流著眼淚追問。

女兒回答：「食物吃完以後，覺得肚子很餓，正愁沒東西吃，忽然看見墳角躲著一個怪物，伸長了脖子吸食空氣，我就學他的樣子，久而久之，倒不覺得餓了。就這樣一天天的過去，也不知過了多久，我耐不住洞裡的單調，就攀著繩子爬出洞口來了。」

張廣定聽了女兒的話，便決心向墳洞一探虛實，下了洞口，什麼也沒找到，只看到一頭大烏龜，懶洋洋的正伸長脖子打呵欠呢！

說馬

取材／宋．岳飛〈良馬對〉

宋高宗有一次問岳飛：「你騎的是什麼馬？品種如何？」

岳飛恭恭敬敬的回答：「我原有兩匹駿馬，每天要吃好幾斗豆子、好幾斤草和一斛泉水，選擇的食物都是上等乾淨的，否則便不肯吃。兩匹馬披上了鞍甲跑路，剛開始跑得並不很快，約跑了一百里以後，腳程才逐漸迅速起來。從中午跑到傍晚，既不渴也不累，就像沒跑過路一樣。這兩匹馬，

食量雖大，卻不貪吃；力氣雖足，卻不肯一時用完，是真正能走遠路的好馬，可惜先後都已死了。

「我現在所騎的馬，情形可就不同了，每天食量有限，卻是見粟就吃，見水就喝，毫不選擇；更糟糕的是，韁繩還沒有拉牢，就跳躍奔跑了，跑不到一百里，氣喘流汗，氣力就已經用盡了。這匹馬吃得雖少，卻喜歡賣弄，真是沒用的東西！」

宋高宗聽了點點頭：「說得一點不錯！」

人面猩猩

取材／宋．姚鎔〈說猩猩〉

在一座深山裡，有一種人面猩猩，除了會說話嘻笑，還喜歡喝酒和穿木屐。

由於這種猩猩的血可以做上等染劑，而且永不褪色，獵人就把牠們所喜歡的東西擺在野地上做餌引誘，自己則躲在隱密處，伺機行動。

猩猩看見酒和木屐，知道是獵人放的，便拉著同伴相互

警戒，嘴裡還吱吱喳喳罵個不休。等到久久不見動靜，再回頭看看地上擺的東西，不禁心動了，就相約著說：「我們不妨去試試看，說不定獵人這回真的走了。」

猩猩伸出腳爪蘸酒，覺得滋味很好，便七手八腳的乾杯暢飲。喝醉了，又把地上散置的木屐套在腳上，東搖西擺的唱歌跳舞，正玩得不亦樂乎，獵人出來了，一點也不留情，把猩猩統統捉進籠子裡，牠們卻毫無抵抗力。

唉！明明知道是個騙局，卻又忍不住的步入陷阱，這不就叫做「自投羅網」嗎？

巫師遇鬼

取材／明・方孝儒〈越巫〉

越國有個巫師，自稱能驅逐鬼怪，為人求神治病。

每當有人害病，他就設置神壇，一邊吹號角，一邊搖鈴鐺，又叫又跳，說是可以消除災殃。病人如果僥倖病好了，他就吃著病人家屬賞賜的酒肉，然後獅子大開口，要一筆數目不小的金錢。病人如果不幸死了，他就隨便找理由搪塞，始終不肯承認自己的法術是荒誕的。不但如此，他還四處誇口：「我會驅鬼術，鬼不敢惹我，見了我只有逃命的份！」

有幾個專愛惡作劇的年輕人，不相信他這一套把戲，便聯合起來準備嚇嚇他。

到了晚上，幾個年輕人分別躲在巫師回家途中的大樹上，等巫師經過的時候，撒下沙子，撒得他滿頭滿身。巫師以為遇見真鬼，趕忙取出號角猛吹，邊跑邊舞，汗流浹背。等跑了一段路，剛要緩下腳步喘口氣，又被什麼東西兜得一頭一臉，嚇得他拔腿就跑，號角吹得有聲無氣。如此被嚇了五、六次，號角掉了，鈴也丟了，不論風吹草動，都以為是鬼。「救命啊！救命啊！」一路跑一路喊，好不容易回到

家，哭喊著敲門。

「怎麼啦？臉色這麼難看！」巫師太太開了門，不禁大吃一驚。

「快！快！扶我上床休息，我遇見了鬼！可把人給嚇死了！」

巫師太太慌忙扶他上床，還沒搞清楚怎麼一回事，他已經嚇破膽死了，到死都不知道這是那幾個年輕人的惡作劇。

養貓吃雞

取材／明．劉基《郁離子》

戰國時代，有一個叫趙風的人，因為家中老鼠為患，便找了一隻很會捉老鼠的貓來。

這隻貓體形健碩，行動敏捷，捉老鼠的本領果然高強，不到一個月，就把老鼠全給消滅了。可是，貓雖然擅長捕鼠，卻也很會吃雞，趙風養的一大群雞，也在捕鼠期間，統統給貓「進補」了，幾乎吃得一隻也不剩。

「可惡！可惡！」趙風的兒子對他父親說：「鼠患已除，乾脆把貓丟掉，免得牠再吃我們養的雞！」

「你錯了！」趙風正色把道理說給兒子聽：「家裡有老鼠，就會偷吃東西，咬破衣裳，損毀器具，洞穿牆壁，甚至帶來傳染病，這樣一來，損害就很慘重了。沒有雞有什麼妨害呢？大不了不吃雞肉。我是為了消除老鼠的禍害而養貓的，不在乎有沒有雞。」

説虎

取材／明・劉基《郁離子》

老虎的力氣，和人比起來，至少要大好幾倍，老虎又有尖銳的腳爪和牙齒，和人比起來，似乎又要厲害得多。照這個道理看來，人被老虎吃掉，應該不是什麼奇怪的事吧？

可是，老虎吃人的新聞，並不多見，而老虎被人剝下虎皮，做成名貴的飾物，卻時時可聞，這是什麼緣故呢？

這是因為，老虎用的是力氣，人用的卻是智慧；老虎用

的是爪牙，人用的卻是器具。氣力的用處只有一種，智慧的用處卻有百種，以一抵百，就算老虎的氣力再大，也難和人的智慧較量啊！所以，人之所以會被老虎吃掉，多半是因為不會利用智慧和器物的緣故。

如此看來，那些只用氣力而不用智慧的人，不就和老虎一樣了嗎？

國家圖書館出版品預行編目（CIP）資料

小寓言故事集 / 桂文亞作；陳亭亭繪畫 . -- 初版 . --
新北市：遠足文化事業股份有限公司字畝文化出版：
遠足文化事業股份有限公司發行 , 2021.10
面；　公分
ISBN 978-986-0784-65-7（平裝）
859.6　　　　　　　　　　　　110014559

【早安！經典】

小寓言故事集

作　　者：桂文亞
插　　畫：陳亭亭／Tingting

字畝文化創意有限公司
社　　長：馮季眉
編　　輯：戴鈺娟、陳曉慈、陳奕安
封面設計：Bianco
內頁設計：張簡至真

讀書共和國出版集團
社　　長：郭重興
發行人暨出版總監：曾大福
業務平臺總經理：李雪麗｜業務平臺副總經理：李復民
實體通路協理：林詩富｜網路暨海外通路協理：張鑫峰
特販通路協理：陳綺瑩｜印務協理：江域平｜印務主任：李孟儒

遠足文化事業股份有限公司
地　　址：231 新北市新店區民權路 108-2 號 9 樓
電　　話：(02)2218-1417｜傳　　真：(02)8667-1065
電子信箱：service@bookrep.com.tw　網址：www.bookrep.com.tw

法律顧問：華洋法律事務所　蘇文生律師
印　　製：中原造像股份有限公司

2021 年 10 月　初版一刷　定價：320 元
ISBN 978-986-0784-65-7　書號：XBSY0029